Prefácio

Os contos foram escritos para dive
mas o autor não foi premiado.

Crônicas do Invisível

Revelando o Extraordinário

RL
Produções literárias

Índice

Tenho muito trabalho

— Marina — disse um homem. — Na minha sala, por favor.

— Tudo bem, chefe. — Ela suspirou.

Marina saiu de sua mesa e foi até a sala do chefe. Ele estava um pouco agitado e parecia nervoso. Ela mostrava uma expressão cansada, pois havia muitas horas que estava executando a mesma tarefa entediante: preencher planilhas e elaborar relatórios de vendas.

— Sente-se — disse ele.

Sentou-se e ele continuou:

— Marina, como você sabe e já percebeu, a empresa está passando por um processo de reestruturação. E com isso, algumas pessoas foram dispensadas e aquelas que consideramos as melhores, como você, foram mantidas.

"Quanto blábláblá." — Pensou Marina. "Só fiquei na empresa porque sei executar muitas tarefas e quase nunca reclamo de nada."

— Sou muito grata pelo reconhecimento — respondeu.

— E mais uma vez, vamos reconhecer o seu trabalho. A partir de amanhã, você estará encarregada de uma pequena equipe.

"Até que enfim uma promoção!" — Pensou e sorriu.

— Porém...

"Sempre tem um porém."

— Não haverá mudança de salário. Você estará em um período de experiência e depois, vamos analisar o que foi feito e conversar sobre o salário. Tudo bem?

— Tudo ótimo! — Respondeu com entusiasmo fingido.

Marina sabia que a promessa de aumento salarial era mentira, assim como muitas outras promessas que havia ouvido naquela empresa. Há alguns meses, as demissões foram iniciadas e afetaram todos os departamentos. As dispensas eram diárias, sempre no final do expediente; em alguns dias houve a dispensa de mais de dez funcionários.

E aqueles que ficaram, como Marina, tiveram que assumir todas as tarefas daqueles que se foram. No princípio, a gerência disse que seria algo temporário e duraria até a contratação de novos funcionários. No entanto, ninguém foi contratado e o temporário se tornou definitivo. Marina estava executando suas tarefas anteriores e as tarefas de outras duas pessoas. Na maioria dos dias, ela nem conseguia fazer sua hora de almoço; ela tinha que almoçar rapidamente e retornar ao trabalho. Além disso, as horas extras já eram parte de sua jornada padrão; ela chegava à empresa às oito da manhã e saía por volta de oito ou nove da noite. E sem contar os trabalhos realizados aos sábados, e em períodos com grande demanda, nem mesmo o domingo estava livre. Esta rotina interminável levava Marina à exaustão e ao esgotamento.

Marina retornou à sua rotina entediante e pensava no que enfrentaria ao assumir uma equipe.

No dia seguinte, Marina foi apresentada à equipe. Ela já conhecia todas as pessoas e sabia que todos estavam na mesma situação que ela: sobrecarregados e exaustos. Ela conversou com eles em uma sala de reuniões.

— Todos aqui já se conhecem e sabem como trabalhar. E o mais importante, todos sabem o que os outros estão vivendo na mesma situação. Então, para simplificar, vamos seguir com nosso trabalho e peço que me coloquem a par do que estão fazendo. Vamos tentar ter algum nível de gestão de equipe — disse desanimada.

— Somos uma grande equipe — respondeu uma mulher.

— Nós cinco fazemos o trabalho de quase vinte pessoas.

Todos riram da piada, mas internamente, estavam desesperados com aquela situação.

Marina e sua equipe seguiram suas rotinas como se não houvesse nenhuma mudança, todos trabalhavam exaustivamente.

Após algumas semanas, o chefe de Marina solicitou informações detalhadas sobre o trabalho realizado pela equipe, além de indicadores de desempenho individual e detalhes da condução de sua gestão. Ela ficou desconfortável com aquele pedido, pois somente poderia atender à solicitação de informações do trabalho realizado. Era praticamente impossível obter as outras informações, pois estavam relacionadas a uma gestão efetiva da equipe. E esta era impossível de ser atingida com aquele ritmo acelerado e desordenado de trabalho. Marina fez o seu melhor para atender à solicitação e isso lhe custou mais horas de trabalho e cansaço. Ela estava trabalhando das sete da manhã às dez da noite.

Os meses passaram e nada mudou na carreira de Marina, ela continuava recebendo o mesmo salário, a carga horária continuava elevada e ela continuava cansada.

Certo dia, ela estava trabalhando e de repente sentiu que a luz do escritório piscou. Ela olhou ao redor e esperou alguns segundos para regressar ao trabalho. Continuou o que estava fazendo e percebeu outra piscada na luz, dessa vez, tudo ficou escuro e logo a luz retornou.

— A luz piscou? — Marina perguntou aos colegas.

— Não — responderam.

— Senti que...

Marina desmaiou em sua mesa. Seus companheiros a socorreram e levaram para um hospital. Ela acordou algumas horas depois sem saber o que havia acontecido.

Uma médica foi ao seu quarto e conversou com ela.

— Marina, é a primeira vez que isso acontece?

— Primeira vez? — respondeu confusa. — O que

aconteceu?

— Você desmaiou no trabalho.

— Desmaiei? Quando?

— Hoje de manhã. Você ficou o dia inteiro aqui.

Marina olhou para a janela e percebeu que já era noite.

— Meu Deus! — disse desesperada. — Meu trabalho está atrasado!

Levantou-se da cama e tentou retirar os fios e acessos venosos. A médica segurou-a e disse:

— Calma. Você precisa descansar.

— Não posso! — respondeu agitada. — Tenho muito trabalho.

— Você tem muito trabalho e pouco cuidado com a saúde.

— Como assim? — disse um pouco mais calma.

— Todos os seus exames estão ruins. Você está desnutrida, seu colesterol e glicose estão elevados, sua pressão arterial está alterada, e julgando pela sua reação, você deve estar mentalmente esgotada. Há quanto tempo está vivendo assim?

Suspirou e disse:

— Doutora, pra ser sincera, não sei. Faz tanto tempo que minha vida está essa confusão que não me lembro de quando minha vida foi normal.

Marina se sentou na cama.

— Marina, você é jovem e precisa cuidar da sua saúde. Você não pode viver para o seu trabalho.

— Mas doutora, preciso do meu trabalho para me sustentar.

— Todos precisam. Mas e se adoecer, quem vai cuidar de você? Seu trabalho?

— Não. Tenho certeza de que se eu adoecer, serei demitida e vão colocar outra pessoa no meu lugar.

— Pense nisto antes de se entregar de corpo e alma para a empresa. E cuide da sua saúde antes que seja tarde demais.

— Mas é tão complicado! — disse tristemente. — É tanta coisa para fazer, tanta tarefa e responsabilidade.

— Comece com o básico, sua alimentação. Imagino que você não coma comida saudável, não é?

— É verdade. Como muitos sanduíches e outras besteiras, assim não perco tempo.

— Mude isso. Coma comida, arroz, feijão, carne, vegetais, essas coisas. E tente desacelerar. Se continuar assim, mais problemas virão.

— Tudo bem. Vou tentar dar um jeito na minha vida.

— Você vai conseguir — a médica disse confiante.

— Espero que sim.

No dia seguinte, Marina voltou ao trabalho e seguiu sua rotina. Ela mudou sua alimentação, preferindo alimentos saudáveis ao invés de lanches. No entanto, sua rotina acelerada de trabalho continuou.

Após algumas semanas, houve um feriado e Marina decidiu que iria se desligar de suas tarefas. Ela e seu namorado planejaram uma viagem curta para uma pousada; ambos estavam muito empolgados com o passeio, pois havia muito tempo que não tinham um momento de paz e tranquilidade. Na verdade, fazia muito tempo que eles não ficavam juntos.

Eles moravam em cidades vizinhas e os compromissos de Marina consumiam todo o seu tempo e quando não estava trabalhando, estava muito cansada para encontros. Mesmo nos finais de semana, ela adiava os encontros com seu namorado para trabalhar. E quando não adiava, simplesmente não aparecia.

Um dia, o casal havia marcado um jantar em um restaurante bastante famoso da cidade, a reserva havia sido feita com alguns meses de antecedência; havia uma grande fila de espera.

Ronaldo, o namorado, chegou ao local e ficou esperando Marina. Passaram-se trinta minutos e nada. Ele havia enviado algumas mensagens, mas não houve resposta. Ele pensou que ela estava dirigindo e por isso não respondeu.

Depois de mais alguns minutos, ele ligou e sua chamada entrou em espera. Ele pensou:

— Ela deve estar conversando com algum parente ou

amigo.

Após mais vinte minutos, Marina ligou para ele.

— Meu amor, me perdoa — disse tristemente. — Queria muito esse jantar. Mas sabe o que é. Meu chefe me ligou e pediu um relatório urgente. Preciso fazer isso agora. Você sabe como são essas coisas.

— Tudo bem — respondeu decepcionado. — Posso ir pra sua casa?

— Melhor não. Vou precisar de concentração para trabalhar.

— Então tá. Quando tiver um tempo, me liga.

Desligaram. Ronaldo estava muito chateado com a situação, era sábado à noite e ele teria que ficar sozinho porque sua namorada estava comprometida com seu trabalho. Ele foi embora ressentido.

Em outra ocasião, no aniversário de Marina, Ronaldo havia preparado uma festa surpresa para ela. Eles iriam se encontrar em um restaurante. Ele havia convidado vários amigos e familiares do casal para fazerem uma grande comemoração.

Mais uma vez, ela se atrasou. Ronaldo tentou contato por mensagem e ligações no celular, mas não foi atendido. Por fim, ligou no trabalho de Marina e ela atendeu.

— Meu amor! — disse em tom repreensivo. — Ainda está trabalhando?

— Desculpe, nem vi a hora passar — respondeu com naturalidade.

— Você não se esqueceu de nada?

— Não. Marcamos algo?

— Pelo amor de Deus! — respondeu decepcionado. — Você não tem vida fora dessa maldita empresa.

— Ronaldo! Não diga isso. Claro que tenho vida.

— Mentira! — protestou em voz alta. — Você só pensa em trabalhar e nunca faz nada na sua vida pessoal!

Neste momento, os convidados próximos a ele começaram a prestar atenção na ligação.

— Não seja infantil! — respondeu nervosa. — Faço muitas coisas.

— Não faz! Nem namorar, você está namorando. Acho que você deve tá namorando alguém da empresa! Não tem outra explicação.

— Deixa de ser ridículo! Eu não preciso ouvir isso.

Desligou furiosa. Ele também estava furioso com a indiferença de Marina.

— Pessoal! — disse aos convidados. — Sinto muito, mas hoje não vai ter nenhuma comemoração. Infelizmente, a aniversariante não vai vir. Peço desculpas pelo incômodo e agradeço de coração a todos que vieram.

As pessoas o cumprimentaram e tentaram consolá-lo.

Dias depois, Marina fez um grande esforço e foi à casa de

Ronaldo em um dia de semana. Eles conversaram, ela chorou e pediu perdão por sua omissão, e o casal se reconciliou.

A viagem foi uma das promessas que Marina fez no dia da reconciliação. Ela se comprometeu a passar um tempo a sós com Ronaldo. Ele a amava e naquela viagem iria pedi-la em casamento.

O casal viajaria na véspera do feriado, assim, teriam mais tempo juntos. Ronaldo iria buscar Marina no trabalho, ele chegou ao edifício e foi até Marina. Ela estava trabalhando sozinha no escritório. Todos já haviam ido embora, somente seu computador e uma luz sobre ela iluminavam o ambiente.

Ronaldo parou em frente a ela e disse:

— Vamos?

— Espera só um pouquinho — respondeu sem tirar os olhos do monitor.

Ele se sentou e esperou. Passados trinta minutos, ficou impaciente e disse:

— Meu amor, vamos!

— Espera só mais um pouco.

Depois de mais vinte minutos, ele se levantou e disse:

— Agora chega! — disse firmemente. — Vamos sair daqui!

— Preciso terminar isso daqui.

— Também preciso terminar uma coisa — respondeu sério. — Marina, acabou! Não posso continuar sozinho neste relacionamento.

Marina se assustou com as palavras e olhou para ele com olhos tristes.

— Você não pode fazer isso comigo! Preciso de você!

— Não precisa. Adeus.

Ele começou a caminhar em direção à saída. Marina se levantou e puxou-o por sua jaqueta. Uma caixinha vermelha aveludada caiu e se abriu. Ela viu as alianças e as lágrimas desceram.

— Meu amor! — disse emocionada.

Ronaldo se abaixou, pegou as alianças e guardou novamente.

— Marina — disse sério. — Não podemos nos casar, você já é casada com seu trabalho.

Ela tentou segurá-lo pelo braço e disse:

— Por favor, não vá. Não quero te perder.

Ele se soltou e disse:

— Agora é tarde. Adeus.

Ronaldo seguiu seu caminho até o elevador. Marina ficou imóvel, contemplando-o. Quando as portas do elevador se fecharam, ela olhou para seu computador, enxugou as lágrimas e voltou a trabalhar.

Nos primeiros dias após o término, Marina estava abalada, ela tinha algumas crises de choro, enviava mensagens e ligava para Ronaldo, mas ele não respondia nem atendia. Ela diminuiu seu ritmo de trabalho devido à tristeza. Mas conforme o trabalho ia acumulando, ela retornou à sua normalidade.

Semanas depois, Marina chegou a seu apartamento e assim que abriu a porta, ouviu algo sendo arrastado pelo chão, como uma caixa ou um saco plástico.

Olhou na sala e não encontrou nada. Foi para a cozinha e gritou:

— Ah, meu Deus! Alguém me ajuda!

Correu para fora do apartamento e trancou a porta. Uma vizinha saiu do apartamento em frente e disse:

— Marina, o que aconteceu?

— É... lá dentro tem... Um... — falava pausadamente e desconexa devido ao susto.

— O que tem lá dentro? Um ladrão?

— Não! Pior! — respondeu agitada.

— Pior? São vários ladrões?

— Não são pessoas. São ratos.

— Muitos?

— Sim!

— Posso dar uma olhada?

— Você tem coragem de enfrentar essas pragas? — perguntou desesperada.

— São só ratos. Eles são muito nojentos, mas não vão me atacar e comer viva.

— Tem certeza?

— Claro!

A mulher entrou na casa e foi até a cozinha. Não havia nenhum rato à vista, mas havia embalagens de alimentos roídas e restos por todos os lados. Voltou para Marina.

— Não havia nenhum rato.

— Mas tinha um monte deles! — respondeu dramaticamente.

— Acredito em você — respondeu calmamente. — Está cheio de restos de comida. Acho que você pode entrar, mas vai precisar arrumar a bagunça.

— Eu não entro nesse apartamento de novo!

— Se quiser, pode ficar na minha casa hoje. Mas você precisa de roupas limpas.

— Por favor — disse com voz triste. — Pega pra mim?

— Marina, somos amigas, mas acho que está pedindo demais. Não posso mexer nas suas coisas. Vamos fazer o seguinte. Entramos e eu fico vigiando enquanto você pega suas coisas.

— Tá bom.

Entraram. Marina agiu como alguém que entra em uma casa mal-assombrada em um filme de terror. Ela estava atenta a qualquer movimento e qualquer coisa podia assustá-la. Pegou algumas roupas e foi para casa da amiga.

No dia seguinte, Marina ligou para o síndico do prédio e informou o que aconteceu.

— Marina, preciso visitar o apartamento para avaliar o tamanho do problema.

— Tudo bem. A chave está com minha vizinha, a Laila.

— Avise pra ela que vou pegar a chave e visitar seu apartamento. Se ela quiser, pode me acompanhar.

— Vou avisar, muito obrigada.

Laila e o síndico foram ao apartamento e avaliaram a situação. Ambos ficaram impressionados com o que viram.

À noite, o síndico foi ao apartamento de Laila para conversar com Marina.

— Marina — disse ele. — Seu apartamento está com uma infestação de ratos.

— Infestação? — perguntou confusa.

— Sim, uma infestação. Parece que fizeram um ninho e muitos estão morando lá. Não vimos nenhum. Mas vimos muitas bostas. Seu apartamento precisa de uma dedetização urgente.

— E isso demora?

— Sim, demora e será caro. Talvez seja necessário dedetizar todo o andar, ou pior, todo o prédio. Além disso, será feita a análise da rede elétrica e hidráulica. Esses bichos roem tudo o que encontram pela frente.

— Meu Deus! Não tenho esse dinheiro — disse preocupada.

— Não se preocupe. Posso usar o dinheiro do condomínio

e depois você paga parcelado. Isso te ajuda?

— Ufa! — Suspirou. — Muito obrigada.

— Você precisará ficar fora de seu apartamento durante este processo.

— Você pode ficar aqui — disse Laila.

— Obrigada.

Marina e Laila foram novamente ao seu apartamento e fizeram uma mala com o que Marina precisava para ficar mais alguns dias na casa da amiga.

Por mais que fossem amigas, Marina não se sentia totalmente confortável na casa de Laila. Havia alguns anos que Marina morava sozinha e estava acostumada com sua liberdade. Ela podia sair e chegar a qualquer hora sem se preocupar com incomodar outra pessoa, tinha seu quarto, seus móveis, sua organização, podia se vestir como quisesse. Mas agora, estava vivendo na casa de outra pessoa. Laila e o marido fizeram tudo para que Marina se sentisse à vontade em sua casa, mas ela sabia que aquele não era o seu lar.

Certa manhã, Marina estava indo para o trabalho, ela dirigia por uma avenida tranquilamente. E, de repente, ouviu um barulho como algo estourando no motor. O carro parou e a fumaça saiu de dentro do capô.

— Só faltava essa! — disse sem acreditar no que estava acontecendo.

Saiu do carro e abriu o capô. Uma nuvem de fumaça

branca escapou. Após a fumaça se dissipar, Marina analisou atentamente todo o motor e tudo parecia normal, não havia marcas de queimado nem de peças quebradas.

Marina ligou para um reboque e seu carro foi levado a uma oficina mecânica. O mecânico avaliou o carro e disse:

— Não encontrei nenhum problema aparente, assim como você disse. Vou fazer uma análise mais detalhada, desmontando algumas partes. Aí, posso falar o que aconteceu.

— E quanto tempo demora?

— Essa análise pode demorar vinte minutos ou o dia inteiro. Depende de onde estiver o defeito.

— Vou ter que deixar o carro aqui, né?

— Sim. Vou anotar seu telefone e te ligar assim que descobrir.

— Obrigada.

Marina deu-lhe seu número e foi para o trabalho. Ela já havia perdido quase três horas de seu expediente. Ela sabia que aquilo significava que seu dia seria ainda mais tumultuado do que o habitual.

Ao chegar, percebeu que todos estavam muito agitados e faltavam algumas pessoas em seus postos de trabalho.

— O que está acontecendo? — perguntou a uma colega.

— Estão demitindo mais pessoas. Dessa vez, começaram nos cargos mais altos. Demitiram o nosso gerente e mais outros dois.

— Meu Deus!

Ela sabia que as demissões significavam novas atividades para cada pessoa. Marina já pensava no que teria que enfrentar após a saída de seu gerente.

À tarde, ela recebeu uma ligação.

— Marina? — perguntou uma voz masculina.

— Sim. Quem fala?

— Você deixou seu carro hoje de manhã na oficina, e eu fiquei de analisar e ver o que aconteceu.

— Descobriu o que é?

— Sim. Tenho boas e más notícias.

Marina suspirou e disse:

— Primeiro as boas notícias.

— O defeito é uma coisa simples e barata para consertar.

— Graças a Deus! E qual é a má notícia?

— O motor do seu carro não foi fabricado no Brasil e nenhuma loja daqui tem essa peça. Você precisa comprar na internet.

— Isso é fácil. — Marina sorriu.

— Mais ou menos. A peça deve ser original e é aí que começa o problema. Poucos sites vendem a peça original. Se quiser, posso te indicar alguns sites de confiança.

— Por favor, diga e vou anotar.

O homem informou os sites e ela escreveu em um papel.

Assim que pode, ela acessou os sites e comprou a peça. Esta estava disponível somente em um dos sites e o prazo de entrega era de quase dois meses.

Durante este período, Marina ficará sem o seu carro e utilizará o transporte público para ir e voltar do trabalho. Com seu carro, Marina gasta cerca de trinta minutos em cada um dos percursos, e no transporte público ela gastará mais de uma hora.

Alguns dias depois, o síndico foi ao apartamento de Laila para falar sobre a dedetização.

— Marina — disse sério. — O problema em seu apartamento é muito maior do que pensávamos. A dedetização vai demorar mais que o previsto.

— Sério? — perguntou triste.

— Infelizmente, sim.

— Não se preocupe — disse Laila. — Você pode ficar aqui o tempo que precisar.

— Obrigada — respondeu desanimada.

No dia seguinte, houve uma reunião com todas as pessoas do departamento de Marina. O presidente da empresa foi até o departamento explicar-lhes o que estava acontecendo.

— Bom dia, a todos. Suponho que todos vocês perceberam que a empresa está passando por um processo de reestruturação. E este projeto chegou à sua fase final. Todas as operações da empresa foram aprimoradas e agora estão mais eficientes.

"Mais eficientes?" — Pensou Marina. "Estão mais cansativas, isso sim."

— E como parte deste plano de eficiência, as operações serão transferidas para outro estado. Esta filial da empresa será fechada e todos vocês serão dispensados.

Todos os funcionários fizeram expressões de surpresa e houve alguns questionamentos:

— O quê?

— Como assim?

— Todo mundo foi demitido?

O presidente continuou:

— Não se preocupem, todos vocês irão receber todos os seus salários e direitos trabalhistas. Podem começar a juntar suas coisas.

Marina ficou desconcertada com a notícia. Ela se dedicou muito àquela empresa e agora foi demitida.

Alguns seguranças chegaram à sala para vigiar os funcionários demitidos. Marina pegou alguns objetos pessoais e foi embora. Sua vida estava indo de mal a pior, um pouco doente, sem namorado, sem casa, sem carro e agora sem emprego. Ela sentia que tudo de ruim estava acontecendo quase que de uma só vez. Marina foi para o apartamento de Laila, neste momento, não havia ninguém. Ela foi para o quarto onde dormia, deitou-se e chorou até adormecer.

À noite, Marina conversou com Laila sobre o que havia acontecido, ela não conseguia esconder sua tristeza e medo do futuro. Laila tentava consolar a amiga.

— Marina, vai dar tudo certo! Você vai conseguir outro emprego e tudo ficará bem.

— E se não ficar? — respondeu com desespero. — Se eu não conseguir outro emprego? O que vou fazer?

— Calma. Você trabalhou muitos anos, você vai receber seu acerto e o seguro-desemprego. Antes de procurar outro emprego, descanse um pouco. Você estava trabalhando demais.

— Vou tentar.

Abraçou Marina para confortá-la.

Marina seguiu o conselho de Laila e não buscou outro emprego imediatamente. Nos dias seguintes, ela recebeu seu acerto e fez o pedido de recebimento do seguro-desemprego. Marina visitou seus pais em outra cidade e fiou alguns dias ali. Ela recebeu uma ligação.

— Bom dia — disse uma voz feminina. — Posso falar com a Marina?

— Sou eu, quem fala?

— Marina, me chamo Bruna. Sou do RH da empresa RLR. Uma pessoa que trabalhou com você te indicou para uma vaga. Posso te enviar um e-mail com os detalhes da vaga?

— Claro! — Marina estava muito feliz com aquela

oportunidade.

— Se tiver interesse na vaga, responda ao e-mail com seu currículo.

— Tudo bem.

— Informe seu e-mail, por favor.

Marina informou-lhe o e-mail e desligou. Ela recebeu os detalhes da vaga, analisou-os e ficou muito interessada na oportunidade.

Dias depois, Marina foi a uma entrevista na empresa. Esta era muito diferente da anterior. O ambiente era colorido e muito bonito. Os funcionários trabalhavam descontraidamente e havia um clima amistoso naquele lugar. Ela se interessou ainda mais por aquela oportunidade. A entrevista foi muito tranquila para Marina, que respondeu e se expressou com facilidade. E os gestores que a entrevistaram, gostaram de seu perfil profissional; a resposta sobre a aprovação será dada em alguns dias.

O apartamento de Marina foi liberado e ela finalmente voltou para seu lar. Ela agradeceu a Laila por toda a ajuda e apoio recebidos.

A peça do carro de Marina foi entregue, e ela imediatamente foi à oficina para terminar o conserto. Depois de uma hora, seu carro já estava pronto. Ela voltou para casa muito feliz. Marina recebeu a resposta positiva da empresa e em alguns dias estará trabalhando novamente. Parecia que sua vida estava voltando aos eixos.

Marina iniciou seu trabalho e confirmou a impressão que teve no dia da entrevista. O ambiente de trabalho era muito melhor. Não havia sobrecarga de trabalho e exaustão. A equipe era sinérgica em suas atividades e todos trabalhavam animados e alegres. Marina se aproximou de um colega e os dois começaram um relacionamento. Pela primeira vez em muito tempo, ela estava feliz com sua vida.

— Oi! — disse uma voz masculina. — Acorda!

Marina se assustou:

— O que está fazendo no meu quarto?

— Quarto? — perguntou o homem. — Estamos em um ônibus. Você dormiu até o ponto final.

Marina olhou ao redor e notou que estava em um ônibus vazio; o cansaço venceu-a e ela dormiu enquanto voltava para o apartamento de Laila. Levantou-se e agradeceu o motorista. Suspirou e pensou:

"Amanhã começa tudo de novo."

Viagem sem roteiro

Julio olhava para a estrada e estava muito impaciente. Ele desejava que aquela viagem terminasse o mais rápido possível. Não estava cansado de dirigir, mas estava entediado com o motorista. Julio era um homem de meia-idade e não gostava de muitas coisas que o motorista fazia.

— Pode baixar o volume? — disse Julio.

— Por quê? — respondeu Andrés. — Essa música é ótima.

Andrés era jovem, uns vinte e poucos anos, e gostava de ouvir K-pop enquanto dirigia.

— Meu Deus! — disse Julio irritado. Suas músicas parecem crianças cantando. Ou então, uns gatos em uma briga no telhado.

Andrés riu e disse:

— Você não entende as músicas do século vinte e um. Você ainda tá no século dezenove ou, talvez, no século dezoito.

— Não me importo de estar no passado. Mas me importo com a maneira como dirige. Vai mais depressa! Quero chegar antes do século vinte e dois.

— Estou obedecendo os limites de velocidade. Nunca viu nos filmes que deve dirigir com cuidado quando está fazendo algo ilegal? Pensa se a polícia nos pega por causa da velocidade. Meu pai vai nos matar.

— Seu pai vai me matar. Você é o filho do chefão. Nada vai te acontecer. E é por isso que está dirigindo. Se fosse outro, já teria expulsado do caminhão com as suas músicas.

— E como estou dirigindo, decido que é hora de parar para um lanche. Aos hambúrgueres.

"Deus, acho que já estou sendo punido pela minha vida criminosa." — Pensou Julio.

Andrés parou o caminhão em um posto de gasolina e eles foram à loja de conveniência. Enquanto Andrés estava escolhendo os hambúrgueres, eles ouviram um barulho de um caminhão saindo. Julio correu para fora e não podia acreditar no que via. Alguém havia roubado o caminhão. Andrés se aproximou e disse:

— O que aconteceu?

— Alguém roubou o caminhão! — disse desesperado.

— Não posso acreditar! Como alguém tem essa coragem? É um caminhão do meu pai!

— Andrés, você precisa se lembrar que estávamos em um caminhão comum, sem qualquer sinal de que é do seu pai. Você acha que as pessoas adivinharão quem é o dono?

Andrés pensou um pouco e disse:

— Verdade.

— Gostaria de saber como o roubaram tão rápido. Tá com as chaves, né?

— Por que carregar as chaves? Não íamos demorar na loja.

E vi muitos vídeos na Internet dizendo que deixar as chaves no veículo é a melhor maneira de espantar os criminosos. Ninguém vai roubar alguma coisa tão fácil.

— Alguém falou de um roubo? Sou da polícia e posso ajudar — disse um jovem que estava na loja. Ele não vestia uniforme.

— O nosso caminhão foi roubado — disse Andrés.

Julio fez uma expressão de desaprovação e disse:

— Andrés!

— O quê?

— Com licença — disse Julio ao policial e falou com Andrés em particular: — Tá doido? Quer pedir a ajuda de um policial?

— Não temos outra opção.

— E o que vai dizer? — Ele começou a falar ironicamente: "Preciso de ajuda para recuperar o meu caminhão roubado." E o policial responderá: "O que estava levando?" E você responderá: "O caminhão tem caixas de equipamentos eletrônicos, mas dentro delas há uma carga de drogas. Podes me ajudar?"

— Não falarei das drogas, apenas dos equipamentos eletrônicos.

— E o que acontecerá se encontrarem o nosso caminhão? Verão os papéis e descobrirão que são falsos?

— Os nossos papéis não são falsos. São verdadeiros.

— Como é possível? — Julio se surpreendeu.

— Há outro caminhão transportando o mesmo que nós nessa rota, exceto pelas drogas. Se fôssemos parados pela polícia, íamos apresentar os papéis clonados e não haveria problema.

— Pelo menos pensou nisso.

— Vamos falar com o policial? É ele ou falaremos com o meu pai. E já disse que nada me acontecerá, você será o culpado de tudo.

— Tá bom. — Julio suspirou.

Andrés e Julio explicaram a sua situação ao homem. Ele ligou para alguém e dentro de pouco um carro da polícia rodoviária chegou. Desceu um homem de meia-idade que falou com Julio e Andrés. Ambos tentaram agir com naturalidade para não despertar suspeitas. Enquanto falavam, o policial mais novo pegou o celular e começou uma transmissão ao vivo em uma rede social, ele disse:

— Estamos aqui em mais um chamado para ajudar os cidadãos que precisam da polícia rodoviária.

— Marco! — gritou o policial mais velho. — Tá doido? Não podemos fazer transmissões das nossas investigações em andamento!

— Comandante, se eu fizer a transmissão, mais gente saberá do crime e vão dar pistas.

— E os criminosos saberão que os procuramos. Tira esse

telefone da minha frente e não use até que eu diga!

Marco obedeceu ao seu chefe. Julio desejava ter aquele nível de autoridade sobre Andrés.

Andrés começou a conversar com Marco e ambos compartilharam algumas de suas experiências nas redes sociais. Eles mostraram suas fotos e outras coisas que compartilhavam on-line. Julio notou o que ele estava fazendo e o repreendeu:

— Andrés, não incomode o oficial com suas besteiras de jovem. Ele tem um trabalho sério que requer sua total concentração.

— Esses jovens só pensam nas redes sociais — disse o comandante.

— Eles nunca se preocupam com nada sério.

— Senhor, muito obrigado pelas suas informações. Faremos nosso melhor para ajudá-lo. Fale com a empresa responsável pelo rastreamento do caminhão, talvez eles possam ajudar. Se você encontrar o caminhão, por favor, ligue para nós. Não tente lidar com os ladrões, eles podem ser pessoas muito perigosas.

— Claro que não vou tentar fazer nada. Sei que a polícia deve lidar com os criminosos.

Eles se despediram e os policiais foram embora. Julio disse:

— O caminhão tem rastreamento?

— Não.

— Maldição!

— Espero que a polícia encontre nosso caminhão.

Julio riu.

— Andrés, seu pai faz grandes negócios ilegais há muitos anos e a polícia nunca o pegou. Você realmente acredita que eles vão encontrar um caminhão roubado? Isso é algo que acontece todos os dias. Somos apenas mais um na lista. Vamos conseguir um carro e começar nossas buscas.

Eles viram um jovem perto de um carro. Julio procurou sua arma na cintura e não a encontrou.

— Onde está minha arma?

— Não trouxe armas. Você sabe que...

— Sei — disse Julio irritado, — não podemos chamar a atenção enquanto trabalhamos com coisas ilegais. E agora, como vamos roubar um carro sem armas?

— Tenho uma ideia. Espere um momento.

Andrés foi à loja e voltou com um pacote de biscoitos quadrado. Julio olhou o pacote e fez uma expressão de surpresa e decepção.

— Tá com fome?

— Não. Essa será a nossa arma.

Julio sacudiu a cabeça em descrença.

— Deveria ter me entregado à polícia. Acho que minha punição seria mais leve.

— Não se preocupe, Julio. Vou conseguir aquele carro.

Andrés colocou o pacote de biscoitos debaixo de sua camisa e foi em direção ao carro. Ele chegou por trás do homem e disse:

— Me dá as chaves!

O homem se assustou e disse:

— Calma, vou te entregar.

O homem se virou e reconheceu Andrés.

— Andrés?

Andrés também o reconheceu:

— Esteban?

Eles riram e começaram a conversar. Julio olhava tudo à distância e pensava:

"Ele foi roubar um carro com um pacote de biscoitos e agora está rindo com a vítima. Esse dia está cada vez melhor."

Andrés chamou Julio. Ele foi em direção a eles e Andrés explicou que Esteban era um amigo do tempo da escola e ele iria ajudá-los na busca do caminhão. Eles seguiram pela estrada. Andrés e Esteban estavam nos assentos dianteiros ouvindo músicas que entediavam Julio. Eles também falavam de lembranças e acontecimentos do passado e do presente. Ninguém diria que Andrés estava procurando um caminhão roubado com drogas, aquilo parecia uma viagem de velhos amigos.

Eles seguiram por algum tempo na estrada até que viram

seu caminhão. Julio disse:

— Andrés, devido à falta de recursos, vamos ligar para a polícia e dizer que encontramos o caminhão.

— Tá bom.

Andrés soltou o volante para usar seu celular.

— Andrés! Quer nos matar? Não solte o volante. Continua dirigindo, eu vou ligar.

Julio ligou para a polícia e disse sua localização. Eles continuaram seguindo o caminhão. Depois de algum tempo, a polícia chegou e parou o caminhão. Os policiais falaram com o motorista e verificaram seus papéis. Julio observou o caminhão detalhadamente e não parecia o deles.

O comandante foi até o carro e disse:

— Tem algo estranho acontecendo aqui. Este caminhão tem a mesma carga e papéis que o seu. Vocês querem me dizer alguma coisa?

Andrés e Julio se olharam apreensivos.

— Andrés, acho que ele nos pegou. Vamos contar a verdade.

— Certo, Julio. Nosso caminhão não tem equipamentos eletrônicos, as caixas estão cheias de...

— Ar! Todas estão vazias — Julio o interrompeu. — Comandante, trabalhamos para a mesma empresa de transportes do caminhão que você parou. Estamos fazendo uma análise da rota, testando as condições de segurança da estrada e a atuação da polícia.

O comandante se surpreendeu com a história, mas acreditou neles:

— Certo. Continuarei procurando o caminhão roubado.

— Muito obrigado — respondeu Julio.

O caminhão roubado passou do outro lado da estrada. Os policiais começaram a perseguição e Andrés os seguiu.

A polícia atravessou o canteiro central da rodovia e ligou a sirene. Andrés avançou junto com a polícia.

O motorista do caminhão percebeu a perseguição e parou no acostamento. Ele fugiu em direção à floresta à beira da estrada.

— Marco! Segue ele!

Marco correu em direção à floresta, mas depois que viu que o comandante não o via, parou e esperou alguns minutos. Ele voltou para o caminhão fingindo estar ofegante e cansado. Ele disse:

— Comandante, ele fugiu.

— Certo. Pelo menos, temos o caminhão.

O comandante fez um sinal chamando Julio e Andrés. Eles se aproximaram.

— Senhores — disse o comandante. — Este é o seu caminhão?

Julio entrou na cabine e confirmou que era o veículo correto.

— É o nosso caminhão, comandante. Muito obrigado. Agora já podemos concluir nosso estudo.

— Um momento — disse o comandante. — Vamos verificar a carga.

Julio sorriu e disse:

— Já disse, não há carga, apenas caixas de papelão.

— Quero ver as caixas.

"Agora vamos ser presos." — Pensou Julio.

— Tudo bem — respondeu.

Ele abriu o baú do caminhão, o comandante subiu, pegou uma caixa e disse:

— Está pesada para uma caixa vazia.

Ele pegou outras caixas e todas estavam pesadas.

— Vou ver o que há nas caixas.

O comandante abriu algumas caixas e ficou surpreso com o que viu. Ele olhou para Julio e Andrés, e disse em tom sério:

— Sabia que estavam mentindo.

— Podemos explicar — disse Andrés.

— Agora compreendi tudo. Ninguém poderia saber o que estavam transportando.

— Senhor — disse Julio apreensivo, — não sabíamos o que levávamos no caminhão.

— Agora não precisam mentir. — O comandante sorriu.

— Vocês estão levando o mais novo celular do ano. Aquele

que ninguém nunca viu. As pessoas irão ver somente na cerimônia de lançamento.

Andrés e Julio estavam muito surpresos com aquela informação. Eles acreditavam que as caixas levavam apenas as drogas. No entanto, o comandante havia encontrado um celular que ainda não havia sido apresentado ao público.

— Maldição! — disse Andrés, — ninguém podia ver antes da cerimônia. A empresa fez o seu melhor para manter o segredo.

— Não se preocupe — disse o comandante. — Seu segredo está seguro com a gente. Ninguém vai saber.

— Muito obrigado, senhor — disse Julio.

Julio e Andrés seguiram com o caminhão. Dessa vez, Julio estava dirigindo.

— Andrés, como isso aconteceu?

— Não sei.

— Onde você conseguiu esse caminhão?

— Tenho um contato na empresa de transportes que me entregou o caminhão, os papéis e os detalhes da rota. Antes da nossa viagem, fui à empresa buscar o caminhão.

— Antes de sair, você verificou o caminhão e as drogas?

— Não. Tinha certeza de que tudo já estava no lugar.

— E suponho que havia outro caminhão igual a este, né?

— Sim, havia dois caminhões lado a lado. Acho que me distraí e peguei o caminhão errado.

— Seu pai vai me matar.

— Não se preocupe.

— Não me preocupar? Você sabe o valor da droga que perdemos?

— Sim, sei. E você sabe o valor dos celulares que estão aqui?

— Não.

— Valem pelo menos cinco vezes mais que as drogas. No fim das contas, foi um bom negócio para meu pai.

— Talvez. O evento de lançamento desse celular será um fracasso, pois não há celular...

Dias depois

Na cerimônia de lançamento do novo celular, um homem tinha uma caixa nas mãos e disse:

— Agora, o mundo conhecerá o futuro da comunicação.

Ele abriu a caixa e mostrou seu conteúdo: um saco plástico com pílulas brancas. Todo mundo ficou surpreso com aquilo. Uma pessoa no público disse:

— O futuro são as drogas?

Todos riram...

Da Internet à realidade

Depois de um dia muito chato no trabalho, o jovem Javier finalmente estava em sua casa. Com seus trinta e poucos anos, ele morava sozinho em seu apartamento em um bairro de classe média. Assim como a maioria das pessoas das grandes cidades, Javier demorava quase uma hora para chegar em casa depois de sair do escritório onde trabalhava no centro da cidade.

Javier gostava do seu trabalho de contador; ele sempre gostou de análises contábeis, registros de operações, preparação de demonstrações e relatórios fiscais. Embora tudo parecesse muito complexo e cansativo para a maioria das pessoas, Javier gostava do que podia fazer em sua função; ele podia fazer um diagnóstico completo da saúde financeira da empresa com os dados disponíveis, apresentar os resultados à diretoria, propor algumas melhorias e mostrar oportunidades de economia e desenvolvimento.

A paixão de Javier era ofuscada por um pequeno detalhe, na verdade, não era um detalhe tão pequeno assim; era uma mulher que lhe causava um furacão de sensações e emoções. Não eram as emoções que uma mulher geralmente provoca em um homem. Ela era a chefe de Javier e lhe despertava a raiva, o ódio, o tédio, o nojo, a irritação e todos os piores sentimentos que alguém pode provocar em outra pessoa.

Javier acreditava que sua chefe tinha uma questão pessoal contra ele. Ele pensava que ela lhe dava mais atenção do que qualquer outra pessoa na equipe; havia cerca de vinte pessoas trabalhando juntas.

Depois de tomar banho, Javier seguiu sua rotina noturna. Ele jantou assistindo a uma série na televisão e depois ficou no sofá com seu notebook. Javier não gostava de usar o celular, pois havia muitas notificações e distrações nas redes sociais. Ele preferia o computador para manter a concentração.

Javier acessava as informações contábeis mais atualizadas para verificar se havia alguma novidade ou mudança nas leis que deveria estudar. Sempre que via algo, se aprofundava nesse assunto até ter certeza de que havia compreendido.

Certo dia, enquanto Javier procurava informações, viu um fórum online onde as pessoas compartilhavam suas histórias profissionais e outros acontecimentos em suas carreiras. O conteúdo do fórum despertou a atenção de Javier como se ele tivesse encontrado um mapa de um tesouro perdido. Ele lia cada relato e vivia aquela situação. Javier nunca havia sentido nada assim em outras redes sociais.

O fórum tinha uma regra que deixava tudo muito mais interessante; todas as publicações eram feitas sob pseudônimos e nomes fictícios. As pessoas não colocavam seus nomes verdadeiros nem fotos; ninguém sabia quem estava realmente compartilhando as informações; poderia ser seu colega de trabalho que você vê todos os dias ou uma pessoa criando histórias imaginárias para gerar reações na internet.

A verdade ou a mentira nas narrativas não importavam para Javier. O mais importante eram os detalhes descritos, as emoções expressas e os desdobramentos de cada uma delas. Muitas pessoas compartilhavam suas histórias em trechos como se fossem capítulos de um romance.

Javier criou um perfil e o chamou de: "O senhor dos dados." Ele fez uma referência ao filme O senhor dos anéis e combinou com algo relacionado ao seu trabalho, os dados. Javier enviou uma imagem de uma pessoa na frente de um computador com a chuva de dados digitais verdes na tela, como no filme Matrix.

No começo, Javier não publicou nada no fórum; ele apenas lia algumas publicações e as comentava.

Um dia, Javier trabalhava tranquilamente em seu posto de trabalho. Este estava em uma grande sala e havia muitas pessoas trabalhando ali. Ele olhou ao redor e viu sua chefe se aproximando.

Olivia era uma mulher um pouco mais velha que Javier, uns cinco anos a mais. Ela vinha com uma expressão muito séria.

"O que tem de beleza tem de nervosismo" — Pensou

Javier.

Ela olhou para Javier e pensou:

"Por que os bonitos nunca se dedicam como deveriam?"

— Javier — disse ela seriamente. — Na minha sala, por favor.

Ele suspirou e a seguiu. Javier sabia o que aquelas palavras significavam, ela ia repreendê-lo.

Olivia entrou na sala, fechou a porta e as persianas, e depois sentou-se. Javier sentou-se na frente dela. Olivia disse seriamente:

— Você revisou os relatórios antes de enviá-los?

— Sim — respondeu com firmeza.

— Você tem certeza?

— Sim.

— Javier, ou você mente, ou então não sabe nada da sua profissão.

— Não minto. E sei muito da minha profissão.

— Se você não mente e conhece a sua profissão, por que os relatórios indicam que a receita da empresa teve um crescimento de mil por cento?

— O quê? — Javier se surpreendeu com o dado. — Mil por cento?

— Também reagi assim quando vi os dados. Você pode me explicar o que aconteceu?

— Posso ver o relatório novamente?

Olivia girou sua tela em direção a Javier. Ele analisou os dados, sorriu e disse com confiança:

— Sei o que aconteceu. Você não viu?

— Claro que vi o que aconteceu — respondeu Olivia seriamente. — Você mudou a posição da vírgula, o resultado era dez vírgula, zero, zero, mas por causa de sua desatenção, você escreveu um ponto zero, zero, zero.

— Não precisa ficar tão séria. Foi um erro inofensivo.

— É um erro inofensivo e aceitável para quem acabou de começar a trabalhar com números. Mas você é um contador experiente. Coisas assim não podem acontecer! — disse em tom de repreensão. — Esse relatório será enviado à diretoria da empresa. Pense no que pode acontecer se eles tomarem uma decisão baseada em dados incorretos. O erro pode ser pequeno, mas as consequências poderiam ser gigantescas.

— O que posso fazer para consertar meu erro?

— Corrija o relatório e envie-o novamente. E dessa vez, tenha mais atenção com a vírgula.

— Certo — respondeu desanimado.

Javier voltou ao seu posto muito desgostoso e fez o relatório novamente. Ele acreditava que a reação de sua chefe tinha sido exagerada, pois seu erro tinha sido apenas um detalhe mínimo.

À noite, Javier decidiu publicar no fórum pela primeira vez. Ele fez um resumo do que tinha acontecido com sua chefe. E, como era de se esperar, escreveu algumas coisas que não aconteceram:

— Hoje foi um dia terrível no meu trabalho. Faço meu melhor e ninguém nunca me elogiou por isso. Mas quando erro em um detalhe, sou castigado como o pior dos criminosos.

— Meu chefe gritou meu nome no meio do escritório. Ele fez isso na frente de todo mundo, para que soubessem que eu havia falhado.

— E depois da humilhação pública, veio a repreensão privada na sala do chefe. Ele gritou comigo e me insultou. Todo mundo ao redor ficou olhando para aquela demonstração de poder.

— E tudo isso aconteceu porque errei um detalhe muito simples, algo que qualquer um poderia errar. Meu chefe não tem compaixão.

Depois de publicar, ele percebeu que tinha deixado chefe em vez de chefa, mas não quis mudar. Ele pensou:

"Se mudar e disser que a repreensão veio de uma mulher, tenho certeza de que isso vai gerar um debate interminável sobre a guerra dos gêneros e ninguém vai se preocupar com a história."

Javier olhou mais publicações do fórum e depois foi dormir.

Na noite seguinte, Javier acessou o fórum novamente e,

para sua surpresa, sua publicação tinha sido vista por muitas pessoas e havia recebido muitos comentários. A maioria era de outros usuários mostrando seu apoio e empatia por Javier.

Ele ficou muito feliz com sua popularidade; leu tudo o que as pessoas comentaram e o texto de uma usuária que se chamava "Rainha do caos" chamou sua atenção. Ela escreveu:

— Meu Deus! Sinto muito pela sua situação. Ninguém merece esse tipo de tratamento. Os chefes sabem que devem falar com os colaboradores em particular e nunca podem insultá-los como você disse.

— A repreensão não pode se tornar um espetáculo para as pessoas ao redor. Se a sala podia ser vista pelas pessoas, ele deveria falar com você em outro lugar.

— Além da crítica ao comportamento do chefe, você não detalhou o que aconteceu. Pode ser que você considere o erro pequeno, mas o chefe pode saber que o que você fez teria alguma consequência séria ou um impacto na empresa.

Javier pensou em tudo o que aconteceu com ele e Olivia:

"Ela não me chamou à vista das pessoas, ela fechou a porta e as persianas da sala e me explicou o que meu erro poderia ter gerado. Será que a Rainha do caos tem razão? Será que Olivia agiu corretamente e estou me fazendo de vítima?"

Javier viu o perfil da Rainha do caos e leu algumas de suas

publicações, ele começou pelas mais antigas.

— Hoje foi um dia muito difícil no trabalho. Alguns colaboradores do time não puderam vir, e os que vieram tiveram que trabalhar muito mais do que o habitual, e todos ficaram cansados.

— Gostaria de ajudá-los, mas não pude. Tinha outras demandas que deveriam ser executadas com urgência e ninguém podia me ajudar.

— Na verdade, havia uma pessoa no time que poderia ter me ajudado, mas sinto que ela não se dá bem comigo. Parece que ela não gosta de fazer nada para me ajudar. Sempre que lhe peço algo, ela se nega ou então faz com má vontade.

— Se ela tivesse um comportamento melhor, acho que ela já estaria em uma posição mais elevada na empresa.

Javier pensou:

"Essa pessoa está perdendo uma grande oportunidade profissional por causa de seu mau comportamento."

Ele refletiu um pouco sobre seu comportamento:

"Ajudo minha chefe ou não? Acho que não, também não gosto de ajudá-la. Será que ela pensa o mesmo de mim?"

Javier leu outra publicação:

— A colaboradora que falei outras vezes fez mais uma das suas. Ela tinha que tratar de uma questão pessoal que só poderia ser resolvida no horário de trabalho. E ela só disse que teria que sair quando faltavam cinco minutos para sua partida.

— Fiquei muito incomodada com sua atitude. Não me importo que ninguém saia para tratar de seus assuntos pessoais. É a vida. Até eu faço quando não há outra opção. Mas a pessoa deveria ter dito antes, pelo menos pela manhã. Assim eu poderia redistribuir as tarefas entre os colegas do time.

— Tive que pensar rápido e dar suas tarefas a outros. E tive que interromper minhas funções para ajudar a equipe e garantir que tudo fosse feito no prazo.

Javier pensou:

"Essa pessoa está se destruindo e destruindo a equipe. Parece que ela não faz nada para colaborar, apenas para atrapalhar. Frequentemente falo com Olivia quando preciso sair do trabalho para resolver qualquer assunto pessoal. Ou não?"

Javier refletiu sobre as últimas vezes que saiu do trabalho e concluiu que também não comunicava a Olivia com antecedência. Ele sempre dizia quase na hora de sair do escritório.

— Acho que estou agindo como a colaboradora da Rainha do caos.

Ele leu outra publicação:

— Minha colaboradora não para de me surpreender. Hoje soube que ela sempre se queixa da minha gestão.

— Alguns colegas de trabalho disseram que ela nunca está de acordo com nada do que faço e frequentemente tenta desacreditar minhas ideias e planos. É como se ela gostasse de me desafiar e mostrar que pode fazer tudo melhor do que eu.

— Estou muito decepcionada com isso, não estou decepcionada apenas como sua chefe. Estou decepcionada de forma pessoal. Nunca pensei que alguém se daria ao trabalho de discutir minhas decisões com seus colegas de trabalho.

— Sei que não sou uma chefe perfeita, mas faço o meu melhor para que todos trabalhem e se sintam bem.

"Essa colaboradora é um problemão. Não sei por que a Rainha do caos ainda não a demitiu." — Pensou Javier.

No dia seguinte, Javier e sua equipe tiveram uma reunião, e Olivia lhes apresentou um novo plano de trabalho com novas tarefas e atribuições para cada um deles. Todos teriam mais trabalho e responsabilidade.

Depois da reunião, Javier e alguns colegas voltavam aos seus postos falando do que iria acontecer. Uma jovem disse desanimada:

— Meu Deus! Mais trabalho.

— Não fique desanimada com isso — respondeu um homem. — Ainda haverá coisas piores.

— O que pode ser pior que mais trabalho? — ela perguntou.

Javier ouvia tudo e lembrou do que havia lido na noite

anterior. Ele raciocinava se era correto reclamar do que havia sido apresentado a eles.

— Javier? — o homem o chamou. — Não tem nada a dizer?

— Me desculpe, estava pensando em outras coisas.

— O que você acha do novo plano de trabalho? — perguntou o homem.

— Apesar de não parecer um bom plano para nós, deve ser um bom plano para a empresa. Se a Olivia nos apresentou, ela deve acreditar que pode ser algo bom para todos.

Os dois se olharam surpresos e a mulher disse:

— Você está bem? Não vai reclamar como sempre faz?

— Tenho certeza de que as reclamações são inúteis — respondeu sério. — Vamos trabalhar, isso é o melhor que podemos fazer.

Javier foi ao seu posto e começou a trabalhar com dedicação. Seus colegas ficaram muito surpresos com sua atitude.

À noite, Javier acessou o fórum e leu mais publicações da Rainha do caos.

— Além de todos os problemas no trabalho, acho que minha colaboradora é alguém antissocial.

— Todo o time ia a um restaurante para comemorar o aniversário de um dos colegas, mas ela disse que não poderia ir. Ela disse que teria outro compromisso.

— Sei que isso não é verdade, ela nunca vai a nenhuma atividade fora do escritório. Ela não gosta de interagir com ninguém do trabalho

— Sempre programo coisas fora do escritório para que todos possam se conhecer melhor. Para que todos possam se divertir e ter um momento de descontração.

— Estamos juntos durante todo o dia, talvez, passemos mais tempo no escritório do que em nossas casas. Acho que é importante estabelecer vínculos e o contato mais pessoal.

Javier respondeu à publicação:

— Você não acha que a colaboradora pode estar cansada de estar com as mesmas pessoas e por isso não quer passar mais tempo junto com elas?

Ele respondeu isso porque não gostava de fazer nada com seus colegas de trabalho. Ele sempre dava alguma desculpa quando recebia algum convite.

Javier continuou no fórum e alguns minutos depois, a Rainha do caos lhe respondeu:

— As pessoas estão com as mesmas pessoas em um ambiente de trabalho, sob pressão pelo cumprimento de prazos e muitas responsabilidades.

— As atividades externas servem para conhecer quem é a pessoa por trás do profissional. E também é uma oportunidade para que todos estejam no mesmo nível.

— Fora da empresa não há hierarquia, liderança, cargos, jargão, tarefas, conflitos, nem nada disso. Todos são iguais.

Javier refletiu sobre essa resposta. Ele nunca havia pensado nesses detalhes. Ele respondeu:

— Gostei do seu ponto de vista.

Dias depois, um colega se aproximou do posto de Javier e disse:

— Hoje vamos comemorar o aniversário da Mariza, você quer ir?

Javier fez uma expressão de desânimo e disse:

— Não quero...

Ele lembrou do que leu no fórum e mudou para um tom mais alegre:

— Não quero ficar de fora! Conte comigo!

— Mal posso acreditar que você aceitou — respondeu o colega surpreso. — Você nunca vai a nenhuma comemoração.

— Acho que devo me aproximar dos meus colegas de trabalho. Vocês estão comigo grande parte do meu dia.

— Que poético! — O colega riu.

Ao final daquele dia, todos foram a um bar e comemoraram o aniversário. Javier falou com todos e pôde conhecê-los além dos profissionais do dia a dia. Olivia admirou o comportamento de Javier, pois ele nunca havia participado de nada com a equipe.

Desde que Javier foi ao com seus colegas, ele mudou sua relação com todos. Ele tentava se aproximar deles, ouvi-los e participar de mais atividades em grupo. Gradualmente, ele conheceu a vida das pessoas e eles conheceram a sua.

Certo dia, Javier acessou o fórum e compartilhou um pouco do que estava acontecendo:

— Há uns dias, li uma publicação da Rainha do Caos sobre uma colaboradora que não interagia com seus colegas fora do trabalho. Comentei na publicação que isso era algo bom, mas a Rainha respondeu dizendo que era uma oportunidade de conhecer as pessoas.

— Achei que sua resposta foi algo interessante e tentei provar sua teoria. Fui a uma comemoração com meus colegas de trabalho.

— Tenho certeza de que ela estava certa. Estar com os colegas de trabalho fora da empresa é uma atividade muito interessante. Tive a oportunidade de saber coisas incríveis das pessoas que estão perto de mim todos os dias.

— Eles também tiveram a oportunidade de me conhecer. Falei coisas da minha vida que ninguém sabia. Foi algo incrível!

Alguns minutos depois, a Rainha do Caos comentou em sua publicação:

— Parabéns, Senhor dos Dados!

— Estou muito contente ao saber que minhas palavras

foram úteis em sua vida profissional e pessoal.

Javier continuou lendo as publicações da Rainha do Caos todos os dias e sempre as comentava. Ele também aplicava muitas de suas recomendações em sua rotina diária. Javier tentava ser um profissional e uma pessoa melhor.

Ele também compartilhava algumas de suas experiências e conquistas. E a Rainha do Caos sempre respondia parabenizando-o.

Um dia, Javier notou que Olivia estava muito agitada no escritório. Ela caminhava apressada de um lado para o outro; levava e trazia pastas de papel, e sua expressão mostrava preocupação.

Javier foi até sua sala e disse gentilmente:

— Olivia, você está bem?

Ela estava muito concentrada em sua tela e respondeu sem olhar para ele:

— Sim — disse distraidamente.

— O que acontece? Você parece muito ocupada e preocupada.

Ela suspirou, o olhou e disse desanimada:

— A diretoria me pediu um relatório muito complexo e o prazo é muito curto.

— Posso ajudar?

— Você está oferecendo ajuda? — Ela estava surpresa. — Por quê?

Javier fechou a porta e sentou-se na frente dela. Ele disse:

— É uma história longa. O resumo é que compreendi que devo ser um profissional melhor. Alguém com quem minha chefe e meus colegas possam contar. Não posso ser alguém isolado. Acho que o isolamento pode me tirar muitas oportunidades.

— Confesso que estou impressionada com suas palavras. Nunca pensei que ouviria você dizer algo assim.

— Também nunca pensei que diria. — Ele sorriu. — Quer minha ajuda?

— Claro!

Ela virou a tela e explicou o relatório que deveria fazer. Eles falaram e definiram como fariam o trabalho. Javier deu muitas sugestões que iam facilitar o trabalho. E Olivia o encarregou de fazer algumas partes.

Os dois trabalharam juntos nos próximos dias e concluíram o relatório antes do prazo. Eles ficaram muito felizes com o sucesso conjunto.

Dias depois, Javier estava em seu posto de trabalho, Olivia se aproximou dele e disse séria:

— Javier, na minha sala, por favor.

Ele a seguiu tranquilamente. Javier não teve uma reação negativa; ele sabia que sua chefe ia dizer alguma coisa séria. Se ele cometeu um erro, ela deveria repreendê-lo de alguma forma.

Eles entraram na sala, Olivia fechou a porta e as persianas, e depois sentou-se. Javier sentou-se na frente dela. Olivia disse séria:

— Te chamei por causa do relatório que fizemos.

— Não gostaram? Havia algum erro? — perguntou com certo medo.

— Não. — Ela continuou séria.

— Então, o quê?

— Disse à diretoria que você participou da elaboração. — Olivia mudou para um tom mais amigável: — E disse que sua ajuda foi essencial para o sucesso do trabalho.

— Sério?

— Sim. Seu trabalho foi impressionante!

— Muito obrigado!

— Isso não é tudo. Falei com a diretoria sobre seu potencial e eles concordam em te dar uma oportunidade de crescimento.

— Que maravilha! — respondeu com animação.

— Vai começar na semana que vem. Certo?

— Claro! Obrigado pela indicação à diretoria.

— De nada. Você merece. Isso só demorou devido a algumas coisas que precisavam ser melhoradas.

— A demora foi minha culpa — disse sério. — Demorei muito para compreender.

— Estou curiosa. O que aconteceu que você mudou?

Ele sorriu e disse:

— Só falarei fora do trabalho.

Ela sorriu e respondeu:

— Tudo bem. Comemoração depois do trabalho?

— Sim! Vou falar com todo mundo.

— Não precisa fazer isso.

— Por que não?

— O trabalho foi uma coisa nossa. Então, a comemoração é nossa.

— Está bem.

Depois do trabalho, os dois estavam em um bar comemorando a promoção de Javier. Eles falaram sobre suas vidas e carreiras. Em certo momento, Javier disse sorrindo:

— Nossa relação poderia se tornar uma novela.

Olivia riu e disse:

— Ou então em uma publicação em um desses fóruns na internet.

— Você está em algum?

— Sim.

— Qual é o seu apelido?

— Promete que não vai rir?

Javier levantou a mão direita e disse como se fosse um juramento:

— Juro que não vou rir.

— Sou a Rainha do Caos.

— Não vai acreditar no que aconteceu — respondeu sorrindo.

O jogo da vida

O adolescente Alberto estava no ensino médio em seu momento favorito: a aula de educação física. Ele sempre gostou dos esportes, especialmente do futebol. A paixão não era apenas pelas estrelas do esporte, Alberto tinha muitas habilidades no futebol.

Nos últimos dois anos, seus pais haviam investido no talento do garoto. Eles o haviam matriculado em uma escola de futebol. Ele treinava quase todos os dias da semana. Alberto mostrava seu talento todas as vezes que jogava. Ele tinha uma condição física excelente, uma boa técnica e espírito de equipe. Todos o respeitavam dentro e fora do campo.

No entanto, o respeito não veio de forma fácil. No começo, ninguém gostava de Alberto. A primeira razão era sua origem. Ele era o único garoto da equipe que não era de uma família rica. Seus pais não eram pobres, mas também não tinham tanto dinheiro quanto os demais. Enquanto todos os garotos usavam as melhores chuteiras de futebol, Alberto só conseguiu a melhor entre as mais baratas. Todos riam dele por causa disso.

Certo dia, Alberto chegou em casa muito mais cedo do que o habitual. Ele jogou suas chuteiras em qualquer canto da casa e foi para seu quarto sem falar com sua mãe, Rosa. Ela foi ao quarto do garoto e o viu deitado na cama com o rosto no travesseiro.

— O que aconteceu? Por que chegou tão cedo?

— Não quero saber mais nada de futebol! — respondeu ainda com rosto no travesseiro.

— Como não? — Estranhou Rosa. — Isso é sua paixão!

— Essa era minha paixão — disse enquanto virava para a parede.

Rosa percebeu que ele estava chorando. Ela se sentou na cama e começou a acariciá-lo.

— Fala com a sua mãe o que aconteceu.

Ele virou-se para ela e contou o que aconteceu naquele dia. Rosa ficou muito nervosa e triste.

— Alberto, pega as suas chuteiras — disse decidida. — Vamos voltar para aquele campo agora!

— Mãe, não! — protestou Alberto. — Isso não vai servir pra nada!

— Claro que vai servir. Aprenda uma coisa na sua vida. Sempre haverá gente querendo te humilhar e te rebaixar. Você nunca pode deixar que vençam. Você deve lutar pelos seus direitos e pela justiça. Assim é a vida. As coisas não são dadas, são conquistadas. E agora, vamos!

Alberto pegou suas chuteiras e os dois foram para a escola de futebol. Rosa chamou o treinador em particular e o repreendeu duramente por causa de sua omissão no caso da zombaria contra seu filho. Além disso, ela foi para a direção da escola e ameaçou expô-los na mídia se a escola não agisse quando houvesse um novo ataque contra seu filho. Rosa defendeu o direito de seu filho como uma leoa que defende seus filhotes dos predadores.

Depois da visita de Rosa à escola, tudo mudou. Qualquer tentativa de fazer zombaria com qualquer jogador era motivo para a suspensão do garoto. Os suspensos não podiam jogar nas partidas, só podiam treinar.

Alberto continuou treinando e fazendo o seu melhor. Depois de mostrar um ótimo desempenho nos treinos, foi escolhido para uma partida oficial. Ele começou a partida como titular, substituindo um dos garotos que havia zombado dele. Os outros amigos do garoto fizeram o seu melhor para atrapalhar sua atuação durante a partida. No entanto, nada funcionou. Todas as vezes que Alberto estava com a bola fazia uma jogada incrível e era aplaudido pelos torcedores. Contra a sua vontade, os garotos tiveram que admitir que ele fazia a diferença no jogo. Eles começaram a cooperar e a equipe obteve uma bela vitória. Alberto foi considerado o melhor do jogo.

Em cada treino Alberto mostrava seu profissionalismo e habilidade. Ele já havia esquecido a zombaria que sofreu e sua única preocupação era se tornar um jogador profissional. Sua dedicação refletia em toda a equipe. Todos se esforçavam ao máximo para acompanhá-lo.

A aula de Alberto foi interrompida pelo diretor da escola, ele chamou o garoto e disse em tom sério:

— Alberto, vamos à minha sala, por favor.

— Diretor — respondeu em tom divertido, — estou jogando o tempo todo. Não fiz nada.

— Vamos à minha sala — respondeu o diretor em tom sério.

Na sala do diretor havia uma mulher de meia-idade com expressão muito séria. O diretor disse:

— Alberto, esta é Anabela, uma assistente social. Ela vai falar algo muito importante.

— O que aconteceu? — Estranhou Alberto.

— Alberto, por favor, sente-se.

Ele se sentou na frente de Anabela. Enquanto ela falava com ele, Alberto começou a chorar. Ela disse que seus pais haviam morrido em um acidente de carro. A partir de agora, ele e seus irmãos iam viver com uma tia, Carmen, ela era a parente mais próxima que podia acolhê-los.

Semanas após a morte de seus pais, Alberto e seus irmãos ainda tentavam se acostumar à nova e triste rotina. Eles não tinham ninguém para ajudá-los em tempo integral. Carmen fazia o seu melhor para ajudá-los, no entanto, ela não podia estar sempre em sua casa. Ela e seu marido já tinham suas vidas e suas responsabilidades.

Sendo o irmão mais velho, Alberto teve que assumir a responsabilidade por seus irmãos menores quando sua tia não estava em casa. Ele os auxiliava como seus pais faziam, Alberto preocupava-se com suas tarefas escolares, sua segurança, sua alimentação, banho, etc. O garoto tinha se tornado uma espécie de guardião de seus irmãos.

E toda essa responsabilidade se transformou em um fardo para Alberto. Ele já não treinava futebol como antes. Geralmente podia ir à escola apenas uma vez por semana. A falta de treinos e seu estado emocional começaram a atrapalhar seu desempenho. Alberto já não mostrava a mesma habilidade, ele já não fazia a diferença na equipe.

Essa situação gerava uma grande frustração no rapaz. Ele sabia que tinha habilidade para fazer muito mais do que estava fazendo, mas a responsabilidade com seus irmãos não permitia. Enquanto não estavam na escola, Alberto era sua companhia. E essa era justamente a hora dos treinos.

Um dia, Alberto chegou à casa de sua tia antes que seus irmãos. Ele foi ao quarto onde dormiam e sentou-se em sua cama. Uma fotografia de seus pais estava em uma mesinha de cabeceira. Ele pegou a fotografia e disse em tom triste:

— Mamãe, como sinto sua falta! Queria que você estivesse aqui!

Alberto deitou-se olhando para a parede e a fotografia. Ele lembrou das palavras de sua mãe:

"As coisas não são dadas, são conquistadas."

"Como posso conquistar algo agora?" — Pensou Alberto. "Tenho que estar com meus irmãos o tempo todo."

Ele fechou os olhos, pensou um pouco e disse com animação:

— É isso! Sei o que posso fazer!

Alberto ficou muito entusiasmado com sua ideia. Quando todos chegaram em casa, ele falou com eles e concordaram com a proposta.

No dia seguinte, Alberto e seus irmãos foram a uma quadra de futebol. Os dois menores ficaram sentados nas arquibancadas enquanto Alberto treinava. Ele começou correndo em volta da quadra e depois treinou jogadas com a bola. Os irmãos se comportaram muito bem.

Alberto seguiu a mesma rotina durante algumas semanas. Ele se esforçava muito para obter o mesmo desempenho de antes. O rapaz corria muito e criava toda espécie de dribles que podia pensar. Os irmãos observavam Alberto com atenção. Eles se sentiam muito orgulhosos de seu irmão.

O esforço de Alberto foi notado na escola de futebol. Ele recebeu muitos elogios do treinador e de seus companheiros de equipe. Alguns diziam que agora parecia que jogava melhor do que antes. As palavras encorajavam Alberto; ele sonhava novamente com a possibilidade de se tornar um jogador profissional.

Depois de alguns meses desde a morte de seus pais, a vida de Alberto e seus irmãos parecia estável. O rapaz estava mais motivado do que nunca para treinar, um olheiro iria à escola de futebol para procurar jogadores com habilidades para jogar em um clube profissional. Essa era a grande oportunidade de Alberto. Ele estava ansioso pela chance de mostrar seu talento e ser reconhecido.

No dia da visita do olheiro, a irmã mais nova de Alberto chegou da escola com febre e tosse. Ela tossia muito e não podiam esperar a chegada de sua tia para levar a menina ao médico. Alberto a levou e perdeu a oportunidade de ser visto pelo olheiro. Quando o rapaz chegou em casa, deitou-se e chorou. Os irmãos perceberam sua tristeza, mas não falaram com ele; eles sentiam que eram culpados pela tristeza do irmão.

Apesar de ter perdido a oportunidade com aquele olheiro, Alberto não desistiu de seu objetivo e continuou treinando. Um dia, antes de começar, sua irmã disse:

— Me empresta o seu celular enquanto treina.

— O que vai fazer?

— Vou assistir desenhos.

— Tá bem.

Alberto emprestou seu celular e foi treinar. O irmão disse:

— Acho que aprendi como se faz. Você deve tocar aqui e aqui — disse enquanto tocava a tela do celular.

— E agora?

— Quando quiser começar, toque o botão vermelho e fale.

Ela fixou o celular em Alberto, tocou o botão vermelho e começou a falar:

— Olá! Esse é meu irmão Alberto. Ele é o melhor irmão do mundo. Há uns meses, nossos pais morreram e fomos morar com nossa tia. Alberto cuida de mim e de meu irmão. — Apontou o celular para o irmão e ele sorriu e cumprimentou. — Ele sonha em ser jogador, mas é difícil pra ele. Na semana passada, eu estava doente e ele teve que me levar ao hospital; ele não pode ir à escola de futebol. Um olheiro estava lá, ele perdeu uma grande oportunidade. Gostaria de ajudá-lo, pois ele faz tudo por nós.

Ela ficou gravando Alberto por alguns minutos.

Depois de seu treino, Alberto olhou seu celular e havia muitas notificações de uma rede social. Ele se surpreendeu, pois não havia postado nada. Ele acessou as notificações e viu o vídeo que sua irmã gravou. Muitas pessoas haviam gostado, compartilhado e escrito mensagens de incentivo para Alberto. Ele se sentou ao lado de seus irmãos e disse:

— Por que fizeram isso?

O irmão respondeu:

— Tínhamos que fazer algo para te ajudar.

— Você sempre está cuidando de nós — disse a irmã. — É

minha culpa você ter perdido a visita do olheiro.

— Não é culpa de ninguém. Você estava doente e fomos ao hospital. Haverá outros olheiros e oportunidades.

Alberto os abraçou.

Ele continuou acompanhando a repercussão da publicação de sua irmã e a cada momento, o vídeo chegava a mais pessoas. Já havia comentários de pessoas de outros estados.

No dia seguinte, Alberto foi à escola de futebol e assim que chegou, notou um grande alvoroço. Havia muitas pessoas reunidas, todos queriam estar perto de algo ou alguém. Alberto se aproximou e alguém disse:

— Ele chegou.

A multidão abriu espaço para Alberto e ele mal podia acreditar no que via. Uma estrela de um time profissional do estado estava lá. O homem disse:

— Você é o cara do vídeo?

— Sim — respondeu quase sem voz.

— Vi o vídeo e me identifiquei com a sua história. O começo da minha vida de atleta não foi fácil. Acho que você sabe, não é mesmo?

— Sim.

O homem pegou uma bola e disse sorrindo:

— Você pode mostrar suas habilidades?

— Claro!

Alberto jogou com um ídolo do futebol. Aquilo foi um

sonho para ele. Depois da partida, o jogador falou com Alberto e elogiou suas habilidades.

Semanas depois, Alberto e sua tia foram convidados para conhecer o centro de treinamento onde aquele jogador jogava. O rapaz ficou muito impressionado com todos os detalhes, o equipamento, as instalações, etc. No final da visita, ele e sua tia foram levados a um escritório.

Um homem lhes explicou todos os detalhes necessários para que Alberto começasse a treinar no clube. Ele ficou radiante com a proposta e começou a chorar. Ele não conseguia acreditar que aquilo era verdade.

A casa misteriosa

Naquela manhã ensolarada, os trabalhadores do olival caminhavam pela estrada de terra que levava às fazendas da região. Havia homens e mulheres de várias idades.

O sol e o calor eram muito intensos, todos suavam enquanto andavam. O outono havia recém começado, no entanto, ainda se mantinham as temperaturas do verão. E neste ano o verão foi muito quente, com temperaturas ultrapassando os trinta e oito graus Celsius. Além disso, as chuvas foram muito escassas. Todos esses acontecimentos contribuíram para uma colheita mais rápida, a um ritmo que nunca havia sido visto.

A multidão de trabalhadores seguia com passos morosos, quase desanimados. Todos sabiam o que iriam enfrentar durante o dia: calor, desidratação, cansaço. A rotina que outrora havia sido apenas a rotina, agora, se tornou algo pesaroso.

Todos passaram em frente a uma fazenda com aspecto terrível, parecia que estava abandonada. A grama crescia desordenadamente; as azeitonas aguardavam ansiosamente a colheita. E a casa era consumida pelo tempo e pelo clima; faltavam telhas no telhado, a pintura estava suja e desbotada. Aqueles que viam a casa pensavam que ninguém morava lá há muito tempo.

— Catalina — disse uma jovem, — olha este lugar.

Ela o olhou com atenção e disse:

— Tania, parece que ninguém mora lá.

— Ouvi dizer que pertence a um homem muito misterioso.

— O que você quer dizer com misterioso?

— Dizem que é um velho feio, grosseiro e que não se importa com ninguém. Ele nunca sorri e espanta todos que tentam se aproximar de sua fazenda.

— Meu Deus! — Catalina estava surpresa com o relato. — E quem disse isso?

— Todo mundo!

— Ah! Se todo mundo disse, então, ninguém disse.

— Olha como está a propriedade. Se o que estão falando não é verdade, por que tudo ficou assim?

— É muito simples! O proprietário pode não se interessar pelas oliveiras e simplesmente deixou tudo como está.

Enquanto falavam, notaram uma sombra em uma janela. Uma imagem misteriosa, sem rosto nem expressão.

Tania disse assustada:

— Corre! Isso me dá arrepios!

— Acho que você vê muitos filmes de terror.

Catalina olhou a janela atentamente e não lhe pareceu assustador.

Elas seguiram para a plantação onde iam trabalhar. Durante a colheita, competiam para ver quem colhia mais azeitonas. Nesse dia, Tania ganhou a competição.

Ao final do dia, voltaram e olharam a casa misteriosa. O sol baixava e a sombra das oliveiras produzia uma atmosfera ainda mais enigmática. Elas olharam todas as janelas, mas não viram ninguém.

— Com certeza o homem deve estar em algum esconderijo vigiando — disse Tania.

— Não fala besteira! Tenho certeza de que ele tem obrigações na casa e não fica olhando as janelas o dia todo.

— Sua única obrigação é olhar e amedrontar as pessoas que passam — respondeu Tania em tom dramático.

Catalina sacudiu a cabeça em descrença e disse sorrindo:

— Você é louca!

Elas seguiram caminhando e falando. Tania continuou argumentando que o homem era algum tipo de psicopata ou maníaco. E Catalina ouvia tudo com atenção, não porque acreditava na amiga. Ela ficou impressionada com a criatividade de Tania para inventar histórias fantásticas e místicas.

Todos os dias, elas passavam por lá olhando a casa. Às vezes, viam a sombra e outras vezes não viam ninguém.

A maioria das azeitonas já havia começado a mudança de cor, indicando que deveriam ser colhidas para o melhor rendimento. No entanto, não havia nenhum sinal de atividade na fazenda. Dia após dia, tudo ficava da mesma maneira.

Tania e Catalina voltavam de sua jornada e quando olharam a casa misteriosa, viram uma bola de futebol perto da porta principal.

— Tania, viu a bola?

— Sim.

— Acho que tem uma criança na casa.

— Pobrezinho! Provavelmente, deve ser uma vítima do homem misterioso. Talvez tenha sido sequestrado em outra cidade.

— Tania, meu Deus! As teorias vão começar? Você nem sabe se é um homem que mora aqui. E muito menos que é um sequestrador.

— Claro que é! O que mais poderia ser?

— Pode ser um pai que se divorciou, um avô, uma mãe, uma avó. Pode ser qualquer um. Não sabemos nada da casa nem de seus moradores.

— Catalina, podemos não saber nada dos moradores, mas sabemos da casa e das oliveiras. Que tipo de pessoa permite que sua plantação e sua casa fiquem assim?

Catalina pensou um momento e disse:

— Sobre isso, você tem razão. Tudo vai de mal a pior. No entanto, acho que há uma razão.

— Não quero saber qual é — respondeu Tania com repulsa.

— Gostaria de saber o que aconteceu — disse Catalina com curiosidade.

Todos os dias, as duas amigas conversavam enquanto passavam em frente à casa. Catalina sempre mostrava interesse na solução do mistério e Tania sempre criava mais teorias sem sentido.

Certo dia, o trabalho havia terminado mais cedo do que o habitual. Tania estava radiante com o presente das horas de liberdade. Ela chamou sua amiga:

— Vamos aproveitar o resto do dia!

— Não posso — respondeu Catalina desanimada. — Tenho que revisar o silo para garantir que a colheita esteja protegida.

— Protegida? — Estranhou Tania. — De quê?

— Olha o céu.

Tania olhou e notou que uma grande muralha de nuvens se aproximava no horizonte. Pareciam trazer uma tempestade.

— Meu Deus! Faz muito que não vemos o céu assim.

— Verdade. Vou trabalhar o mais rápido que puder e voltarei à vila.

— Se cuida!

Tania a abraçou.

— Se eu demorar aqui, a dona me levará em seu carro.

— Ótimo! Até logo!

— Tchau.

Tania foi embora e Catalina verificou cuidadosamente o silo. Tudo estava em ordem. Ela olhou o céu e as densas nuvens já estavam muito perto.

"Estão perto, mas acho que posso chegar à vila antes da chuva." — Pensou Catalina.

Ela continuou caminhando e um vento forte a golpeava junto com todas as árvores ao redor. Catalina se apressou, pois sentia que a chuva cairia a qualquer momento.

Ela estava quase chegando à casa misteriosa e a chuva caiu de repente. Ela sentiu como se uma represa tivesse sido aberta, tão violenta era a força da água.

"Deveria ter aceitado a oferta da dona da fazenda." — Pensou enquanto corria para debaixo de uma árvore. Essa não foi uma boa proteção, pois com o vento, a chuva a golpeou da mesma maneira. Além disso, começaram os raios e trovões.

— Ei! — disse alguém com um guarda-chuva. — Aqui é muito perigoso. Vamos para minha casa.

Catalina não viu perfeitamente o rosto da pessoa, mas soube que era o homem da janela. Ela não tinha opção e aceitou o convite. Os dois correram e entraram na casa. Dentro era semelhante ao lado de fora, tudo parecia velho e sem cuidado.

— Você precisa de outra roupa — disse o homem. — Tá

muito molhada.

— Verdade — respondeu distraída, pois contemplava os detalhes do local. — Realmente preciso...

Ela o olhou e ficou sem palavras, pois o homem era lindíssimo. Tinha olhos tristes, no entanto, isso não lhe tirava a beleza.

— Espera um momento.

O homem foi para outra parte da casa. Catalina olhou tudo ao redor e viu algumas fotografias do homem com uma criança e uma mulher.

"Sabia que havia uma criança aqui, mas não sabia que era casado. E como não ser, sendo tão lindo?" — Pensou e suspirou.

O homem voltou com uma toalha e roupas femininas.

— O banheiro é no final do corredor.

— Muito obrigada!

Ela tomou banho e voltou à sala. O homem a esperava sentado no sofá. Havia uma chaleira e xícaras em uma mesinha.

A chuva estava muito intensa, sem possibilidade de Catalina sair dali. Ela se sento na frente dele e disse:

— Mais uma vez, obrigada. Não sei o que faria se você não tivesse me resgatado.

— De nada. Chá?

— Sim, por favor.

Ele lhe serviu uma xícara.

— Obrigada.

— Perdoe minha falta de educação. Me chamo Ignacio.

— Me chamo Catalina.

— Onde está sua mulher? — Ela quis saber, pois lhe parecia estranho que até aquele momento não a tivesse visto.

Suspirou e disse tristemente:

— Ela descansa para sempre.

— Sinto muito — respondeu envergonhada. — Meus sentimentos.

— Obrigado. Acho que você viu as fotografias.

— Sim, vi.

— Ela foi embora há uns meses, quero deixar sua memória viva para nosso filho.

— É um belo gesto. Acho que você deve ser um ótimo pai.

— Tento fazer meu melhor, mas tudo é tão difícil! — disse tristemente. — A vida não é a mesma sem minha mulher. Ela adorava a fazenda, as oliveiras, a colheita.

— E você não gosta disso?

— Gosto. Mas agora tudo é diferente. Entende?

— Nunca vivi nada semelhante, mas imagino que deve ser muito complicado.

— Papai! — disse uma criança com uns dez anos, enquanto entrava na sala. — Ela está tão linda quanto minha mãe.

A criança se sentou ao lado de seu pai.

— É verdade, Fernando. Ela é muito linda.

— Obrigada. Você e seu pai também são muito lindos.

— Obrigado — responderam.

— De onde você é? — perguntou Fernando.

— Sou da vila e trabalho na colheita de azeitonas. Estava na chuva e seu pai me resgatou.

— Meu pai sempre me ensinou que devemos ser gentis com todas as pessoas.

— Seu pai é um homem muito sábio. Devemos fazer nosso melhor para ajudar todos que precisam. Assim, o mundo se torna um lugar melhor.

Os três continuaram conversando por algum tempo e a chuva não parou nem por um segundo. Catalina teria que dormir lá. Eles jantaram e na hora de dormir, Ignacio disse:

— Você pode dormir no quarto do Fernando. Ele vai dormir comigo.

— Não quero dar trabalho a vocês! Posso dormir no sofá.

— Você não está dando trabalho! E, além disso, você precisa de sua privacidade.

Ela ficou impressionada com a disposição de Ignacio:

— Muito obrigada por tudo o que está fazendo!

— De nada. Boa noite!

— Boa noite!

Todos foram dormir ao som da chuva.

No dia seguinte, todos tomaram café e Catalina ficou olhando o caminho por onde Tania iria passar, assim que a viu, se despediu de Ignacio com muitos agradecimentos e saiu de casa pela porta principal.

Tania a viu e ficou surpresa e assustada; desenhava os piores cenários em sua mente. Pensava que Catalina havia sido levada à força e estuprada a noite toda.

Catalina se aproximou e notou a expressão de espanto da sua amiga. Ela sorriu e disse:

— Não se preocupe. Ninguém me sequestrou nem estuprou.

— Como você sabia que eu pensava isso? — perguntou surpresa.

— Você fala coisas assim quase todos os dias.

— Se isso não aconteceu, então, o que aconteceu?

— Vamos trabalhar e vou explicar.

Eles seguiram o caminho e Catalina contou tudo o que havia acontecido, e também um pouco da história de Ignacio. Tania se comoveu e disse:

— Que triste! Ele precisa de ajuda.

— Sabia que você ia dizer isso. Estava pensando...

Catalina contou o que desejava fazer para ajudar Ignacio, e Tania concordou.

Alguns dias depois, Catalina e muitas pessoas da vila estavam na entrada da fazenda de Ignacio. Eles traziam ferramentas, tinta, veículos e muitas outras coisas. Ela bateu na porta e Ignacio abriu apenas uma fresta e disse:

— Bom dia — disse sério.

— Bom dia! — respondeu com animação. — Abre a porta e olhe ao redor.

Ele fez isso e viu todos.

— O que é isso? — Ele estava surpreso.

— Gente que vai te ajudar.

— Por quê?

— Devemos ser gentis com as pessoas. Você ensinou isso ao seu filho.

— Sim. Mas isso é muita gentileza.

— Essa é a gentileza que você precisa agora. Tenho certeza de que isso vai te ajudar e também vai ajudar seu filho.

Fernando chegou, olhou para as pessoas e disse com animação:

— Papai! Por que você não me disse que hoje íamos fazer a colheita? Se soubesse, teria acordado mais cedo e já estaria pronto.

— Acho que já está fazendo bem para ele. — Catalina sorriu.

— Verdade.

— Mãos à obra! Tem gente para colher, para consertar sua casa, seu silo e tudo o que você precisar.

Ignacio se emocionou e a abraçou dizendo:

— Muito obrigado! Acho que este é o melhor dia da minha vida em muito tempo.

— O dia está apenas começando. E você terá muitos dias bons.

— Não tenho palavras para agradecer a você e agradecer às pessoas.

— Sua felicidade e a felicidade do seu filho falam mais que as palavras.

Os dois foram até as pessoas e Ignacio agradeceu a todos pela generosidade. Todos trabalharam durante todo o dia. As oliveiras foram colhidas na hora certa; a casa foi consertada e ganhou uma nova pintura; a erva daninha foi eliminada. A fazenda se tornou outro lugar, com mais vida e alegria.

Ao final do dia, Ignacio se despediu de cada um que o ajudou. Ele mesmo não acreditava em tudo o que eles haviam feito. Para ele, tudo era como um sonho.

Desde aquele dia, tudo na vida de Ignacio mudou. Ele retomou o trabalho no olival, a casa permanecia aberta e seu filho sempre brincava no quintal. Ignacio esperava por Catalina todos os dias. Ele sempre a cumprimentava e agradecia.

Um dia, ele disse a ela:

— Catalina, sei que a colheita já está terminando, e em breve, você não vai mais passar por este caminho. Perdoe minha ousadia, mas não quero deixar de te ver. Quer sair comigo? — disse envergonhado.

"Aleluia! Pensei que nunca iria me chamar." — Pensou.

Ela sorriu e disse:

— Claro que sim!

Minicontos

A velha e o pássaro

Julieta era muito idosa e vivia sozinha em sua velha casa no meio dos olivais. Ela era a última de sua família a viver lá. Seus filhos deixaram a vida no campo e foram para a cidade.

O olival estava a cargo de funcionários, pois Julieta já não podia trabalhar; ela não tinha forças para isso. Dia após dia, ela recebia uma visita muito ilustre: um pássaro lhe trazia uma azeitona. A ave a deixava em sua janela pela manhã. Aquilo era a única alegria da mulher; ela sentia que alguém lhe dava atenção.

Depois de algumas semanas, o pássaro não retornou à sua casa. Ela ficou preocupada, pensando o que teria acontecido. Mesmo sem esperanças, ela saiu para procurar o pássaro.

Ela olhou em todas as oliveiras, e ficou muito feliz e surpresa com o que viu. O pássaro estava em um ninho. A partir daquele dia, ela sempre levava algo para ele comer.

A cidade das fábricas

As grandes torres que quase tocam o céu nunca param de soprar fumaça no ar, dando ao céu uma cor diferente. A população nunca deixa de ouvir o barulho do gigantesco bairro dentro da fábrica. É tão grande que deve ter mais pessoas que alguns bairros da cidade.

Esse local não está isolado, há outros menores que lhe dão suporte. Eles lhe dão tudo o que precisam para continuar funcionando. Todos se unem como uma grande cidade interconectada.

Os moradores desses bairros têm horários determinados para chegar e para sair. E nesses momentos, tudo ao redor se transforma em caos. As vias são inundadas por carros, ônibus e uma onda de pessoas andando. Alguém olha e pensa que há uma procissão.

Muitas pessoas não gostam do que as fábricas geram, e exigem que sejam fechadas ou mudem de local. Mas se isso acontecer, é provável que a cidade vá à falência.

Sábado sagrado

Os sábados eram dias sagrados para Juan, não devido às questões religiosas, mas porque esse era o dia em que o rapaz lavava seu carro.

Ele havia comprado o carro após trabalhar quase dois anos e economizar tudo que podia. Juan praticamente não comprou nada durante esse período. Todo o dinheiro que ganhava era poupado para a compra do carro. Antes da compra, Juan já estava apaixonado pelo veículo. Todos os dias, ele passava pela concessionária e olhava para aquele que desejava.

No dia da compra, Juan foi à concessionária muito cedo, antes mesmo de ela abrir ele já estava na porta. O rapaz se sentou no carro e se imaginou dirigindo por toda a cidade. Ele confirmou suas expectativas e o namoro se tornou casamento com a compra.

Juan considerava o carro seu tesouro pessoal, sua joia mais valiosa e lhe dava toda a atenção que podia. A lavagem era muito demorada e detalhada, ocupando todo o dia. Ele limpava seu carro como quem limpa uma aliança de ouro que representa um casamento feliz.

A maleta

Um homem caminhava pelas ruas do centro da cidade muito apreensivo e nervoso. Ele carregava uma maleta e olhava para todos os lados, temia que alguém o estivesse seguindo.

O homem dobrava as esquinas, entrava nas lojas, parava e olhava para todos ao redor. A tensão enchia o ar; ele suava e lhe faltava oxigênio. Ele tentou afrouxar a gravata, mas isso também não funcionou. A tensão e o medo eram cada vez maiores.

Ele chegou a um beco sujo onde ninguém desejava passar. Ficou perto de uma lixeira por alguns minutos, olhou se ninguém o observava e jogou a maleta na lixeira. Saiu do beco apressadamente e entrou em uma estação de trem.

Uma mulher chegou à lixeira, pegou a maleta e a abriu. Ela ficou muito feliz ao analisar o conteúdo e disse:

—Isso vale muito mais que ouro ou qualquer outra joia.

O e-mail

Ela acessou o computador pessoal do seu parceiro e abriu o site de e-mails. A página exibiu o e-mail do seu marido. Ela viu que ele recebia muitas mensagens de um endereço muito estranho. Este não era formado por nome nem sobrenome, eram algumas letras e números aleatórios.

Havia muita confiança e transparência entre o casal. Nunca houve segredos entre eles, então, ela decidiu abrir as mensagens. E sua reação foi como alguém que viu um fantasma ou uma criatura horripilante. Ela se enfureceu e se enojou profundamente. Tinha vontade de vomitar.

Ela desligou o computador, fez suas malas e saiu de casa. Deixou sua aliança de ouro sobre uma mesa com um bilhete dizendo:

— Você destruiu a joia que era o nosso casamento. Você a jogou para os porcos. Adeus!

Sobre o autor

Rafael Henrique dos Santos Lima

Graduado em Processos Gerenciais e M.B.A. em Gestão Estratégica de Projetos pelo Centro Universitário UNA. Cristão pela Graça de Deus. Apaixonado pela escrita (português, espanhol e inglês), poeta e romancista.

Contatos

rafael50001@hotmail.com

rafaelhsts@gmail.com

Blog: escritorrafaellima.blogspot.com

Agradecimento

Os sites abaixo contêm muitas informações úteis para a escrita deste livro.

Bing AI

Google Docs

Gemini Ai

Language Tool

Mistral Ai

Agradecimento especial

Agradeço a Deus. Ele me deu a inteligência para escrever o livro.